LES DEVOIRS

DU

JEUNE ORATEUR

ENVERS LA PATRIE.

A PARIS,

CHEZ PLÉE, LIBRAIRE, PLACE DU PANTHÉON,
PRÈS L'ECOLE DE DROIT.
1820.

LES DEVOIRS

DU

JEUNE ORATEUR

ENVERS LA PATRIE,

DISCOURS EN VERS,

Par M. AUBAISLE.

Servir au bien public, illustrer sa patrie,
Penser enfin, c'est là que commence la vie.
GRESSET, *Sidney*.

A PARIS,

CHEZ PLÉE, LIBRAIRE, PLACE DU PANTHÉON,
PRÈS L'ECOLE DE DROIT.
1820.

DE L'IMPRIMERIE DE P. BETOULLE, A GUERET.

A MES ANCIENS

AMIS ET CONDISCIPLES

DE

L'ECOLE DE DROIT DE PARIS.

Jeunes favoris de Thémis, qui faites à juste titre l'orgueil de vos familles et la plus douce espérance de la Patrie, c'est vous qui futes particuliérement l'objet du faible essai que je publie; c'est à vous que je devais m'empresser d'en faire l'hommage : puissiez-vous l'accueillir favorablement. Je serais au comble de mes vœux si j'étais parvenu à retracer dignement quelques-uns des sentimens généreux dont votre âme est déjà pénétrée pour le bonheur public.

Ce n'est point l'orateur politique dans le plus grand éclat de ses triomphes que j'ai voulu célébrer; mais seulement le jeune orateur qui, en attendant ce moment glorieux, ne doit pas

rester inutile à la Patrie. Repoussé momenta-
nément de la tribune où se discutent nos plus
grands intérêts, l'éloquence de ses écrits doit
suppléer à l'éloquence de ses discours. C'est
en le supposant dans cette situation, que j'ai
rappelé ses devoirs les plus importans, qui sont
aussi ceux de tout homme éclairé. Heureux
si mes efforts peuvent contribuer en quelque
chose à ranimer de plus en plus, dans le
cœur de mes jeunes concitoyens, l'amour du
bien public et celui de la gloire !

Vincet amor patriæ, laudumque immensa cupido.

VIRGILE, Én.

LES DEVOIRS

DU

JEUNE ORATEUR

ENVERS LA PATRIE.

———

Comme on voit sur la terre un aigle jeune encore
Dévorer du regard le séjour qu'il adore;
Ainsi dans son ardeur le mortel studieux,
Excité par l'espoir d'un destin glorieux,
Parcourt d'un œil avide et contemple en silence
La brillante carrière où bientôt il s'élance.
Des peuples asservis pour mieux venger les droits,
Veut-il de la nature approfondir les lois?
De Locke et de Bacon il prend l'esprit pour guide;
Adopte de Raynal le courage intrépide;
Médite tour-à-tour le savant Grotius,
Le profond Montesquieu, le sage Helvétius;

Admire de Rousseau l'éloquence divine,
Et des lois avec lui découvre l'origine :
Il apprend de Sidney quels importans devoirs
Des peuples et des rois ont borné les pouvoirs ;
Et pour consolider leur puissance et leur gloire,
Suivant avec Mably les leçons de l'histoire,
Il cherche à pénétrer les principes heureux
Qui doivent gouverner tous les peuples entre eux.
Et toi sublime auteur, vaste et brillant génie,
Qui courus du savoir la carrière infinie,
Qui, zélé défenseur de la sainte équité,
Osas même aux tyrans montrer la vérité ;
Voltaire, c'est sur-tout tes immortels ouvrages
Qui du jeune orateur obtiendront les hommages :
Interprète éloquent de nos droits éternels,
Ta voix fut consacrée au bonheur des mortels ;
Tu foulas sous tes pieds l'affreuse intolérance,
Et fis toujours chérir l'aimable bienfaisance.

De tous ces demi-dieux méditant les décrets,
Leur jeune adorateur imite leurs bienfaits.
Heureux pour l'opprimé, quand sa voix tutélaire
Pénètre des Jurés l'auguste sanctuaire !
Juges indépendans, magistrats citoyens,
Et de nos libertés les plus fermes soutiens,
Avec vous, de nos lois le glaive redoutable
Ne doit plus retomber que sur l'homme coupable ;

Intrépides vengeurs de la société,

Vous protégez aussi la faible humanité.

Cependant, ô douleur ! sur le siége du crime

L'infâme calomnie a conduit sa victime.

Vainement les vertus habitent dans son cœur;

Son nom fera des siens l'éternel déshonneur.

O dieu ! prête à ma voix une force nouvelle,

Confonds de l'imposteur l'audace criminelle;

A ses malheureux fils rends un père innocent,

Rends un fils aux douleurs d'un vieillard gémissant;

Et s'ils cherchent en vain à fléchir ta colère,

Par leur commun trépas termine leur misère.

Et vous homme imprudent dont la fausse terreur

Veut enchaîner l'élan qu'inspire le malheur,

Qui prétendez pouvoir ravir à l'innocence

Les droits toujours sacrés de sa libre défense,

Voyez l'urne terrible où s'agite le sort;

Un mot peut en tirer ou la vie ou la mort.

Soutien de l'accusé dans ce moment extrême,

L'orateur courageux devient l'accusé même;

Et des Jurés français l'invincible équité

Toujours avec ardeur poursuit la vérité;

Pour leurs yeux pénétrans il n'est jamais d'obstacle :

Le tribunal suprême a prononcé l'oracle,

Et de l'infortuné j'ai vu tomber les fers;

J'ai vu ses mains bénir le Dieu de l'univers.

De l'orateur alors quel sera le salaire?
La haine du méchant auquel il fut contraire,
Les injustes clameurs d'un ennemi jaloux.
Qu'importe contre lui leur impuissant courroux!
Heureux de ses travaux, utile à l'innocence,
Il trouve dans son cœur sa noble récompense.
Le plaisir le plus doux, le seul toujours parfait,
Pour l'homme vertueux, c'est le bien qu'il a fait.
Vainement voudrait-on étouffer dans son âme
Les généreux transports de l'ardeur qui l'enflamme;
Vainement voudrait-on, par de lâches excès,
Voiler à tous les yeux l'éclat de ses succès;
Calme, toujours fidèle au penchant qui l'honore,
A des succès nouveaux il se prépare encore,
Et regarde l'envie et sa vaine fureur,
Déjà comme un hommage offert à sa grandeur.

O jour rempli de charme où sa fière éloquence,
Favorable à la paix, terrible à la licence,
Ira le faire asseoir parmi les orateurs,
Des volontés du peuple organes protecteurs!
Mais cet honneur sublime où sa grande âme aspire,
Est un espoir trompeur qui flatte son délire.
Que servent de nos jours les talens, les vertus?
Le Dieu de l'éloquence est soumis à Plutus.
L'orateur n'atteindra jamais à la Tribune,
Si l'injuste rigueur de l'aveugle fortune

Lui refuse, pour prix de ses vastes travaux,
Les trésors tout-puissans de nos Midas nouveaux.
Que dis-je? de nos lois une règle incertaine
A fixé les degrés de la sagesse humaine;
En vain du tems l'esprit peut dévancer l'essor,
Sans la prudence il faut l'âge du vieux Nestor!

Lui ferme-t-on enfin cet océan mobile,
Où toujours agité, mais plus fort, plus agile,
S'avance fièrement le vaisseau de l'Etat,
Il peut du moins alors environné d'éclat,
Par d'utiles signaux, des hauteurs du rivage,
Aux nochers incertains annoncer le naufrage;
Et secondant de loin leurs efforts et leurs vœux,
Les pousser doucement vers des bords plus heureux.

O vous, jeunes Français, qui brûlant pour la gloire,
Dès le premier essor disputez la victoire
A ces hommes d'État dont les puissans desseins
De la France long-tems ont guidé les destins,
Armez-vous d'une ferme et noble confiance;
Eh! pourquoi redouter leur longue expérience?
Le même dévoûment doit enflammer vos cœurs,
Et comme eux pour leçons vous avez leurs erreurs.
Gardons-nous d'imputer à leur âme héroïque
Les funestes excès de cette Hydre anarchique,
Qui déguisant le but de ses premiers efforts,
Mais de l'Etat bientôt brisant tous les ressorts,

Et semant à la fois la discorde et les crimes,
Vint frapper dans leurs rangs d'innocentes victimes :
Sans doute ils déploraient ce désordre effrayant.
Heureux si leur esprit, d'abord plus prévoyant,
Ne se fût égaré loin des sages limites
Que l'intérêt commun semblait avoir prescrites !
L'essor était donné : leurs courageuses mains
Voulurent, mais trop tard, dans ces tems inhumains,
Bannir des factieux l'effroyable licence ;
Le meurtre était alors la suprême puissance,
Et sur de longs débris la sanglante terreur
Partout fesait régner son pouvoir destructeur.

Aimable Liberté, Déesse bienfaisante,
Qui devais des Français combler la longue attente,
Sous tes traits séduisans, un monstre désastreux
De tes adorateurs osa tromper les vœux ;
Par ses rugissemens ta voix fut étouffée,
Et ton nom des tyrans couvrit l'affreux trophée :
Mais bien loin d'applaudir à de si noirs forfaits,
Ton cœur fut déchiré des plus cruels regrets ;
Et de nos oppresseurs détestant l'injustice,
Tu devins leur victime et non pas leur complice.

Français, la véritable et sage Liberté
Est celle qui chérit la paix et l'équité ;
Voilà la Liberté digne de vos hommages,
Que doivent protéger vos talens, vos courages.

Hélas ! toujours en butte au plus injuste sort,
L'injure fut le prix de son sublime effort.
De l'amour qu'elle inspire on vit pourtant éclore
Les bienfaits éclatans dont la France s'honore ;
C'est elle qui rendit nos malheurs moins affreux :
Animés par sa voix, brûlant des mêmes feux,
Les talens et les arts poursuivaient leur carrière,
Et répandaient au loin des torrens de lumière.
Pour tous les citoyens soumis aux mêmes lois
Thémis vint proclamer l'égalité des droits.
Dégagée à la fin de ces erreurs gothiques,
La raison méprisant des titres chimériques,
Et d'après leurs vertus jugeant tous les mortels,
Des préjugés vieillis renversa les autels.
Par de nombreux exploits une troupe aguerrie
De lauriers éternels couronna la Patrie.
Un Conquérant, long-tems l'arbitre des combats,
Vit tomber à ses pieds les plus fiers potentats ;
Et long-tems à son char enchaînant la victoire,
Pour asservir la France il l'enivra de gloire.
  Des révolutions étrange événement
Qui du mal et du bien forme son élément !
Ainsi, lorsque pareil à la foudre qui gronde,
Un volcan échappé de la prison profonde
Qui sous un vaste mont le tenait enfermé,
S'élance, et dans les flots d'un torrent enflammé

Engloutit les vallons, séjour chéri de Flore,
Dévore les présens que Cérès fit éclore,
Entraîne des rochers les superbes sommets,
Les cités, les hameaux, les antiques forêts,
Et des faibles humains la race infortunée;
On voit jaillir des flancs de la terre étonnée,
Parmi tous ces débris dans les champs répandus,
De précieux trésors avec eux confondus.

Victime trop long-tems des discordes civiles,
La France nous promet des destins plus tranquilles;
Ces malheurs ne sont plus; mais pour les prévenir,
Il faut dans le passé méditer l'avenir.
Souvent qu'à notre esprit la véridique histoire
De nos tristes débats rappèle la mémoire:
Des mortels imprudens que l'orage a surpris
Le sage craint l'écueil en voyant leurs débris.
Le souvenir rempli des vertus politiques
Qu'on vit briller jadis au sein des républiques,
De leur gloire admirant le rapide progrès,
Renfermons dans nos cœurs d'inutiles regrets;
Pour jamais renonçons à l'Etat populaire,
Il n'est point fait pour nous : le jour qui nous éclaire
A changé notre esprit, nos mœurs et nos besoins;
Pour le bonheur du peuple il faut de nouveaux soins.
N'allons pas cependant, prenant un autre extrème,
Mépriser de ses droits la dignité suprême.

D'un tyrannique orgueil enfant audacieux,
Comme un chêne élevé s'élançant vers les cieux,
La Féodalité, dans des tems d'ignorance,
De ses rameaux épais avait couvert la France;
Son ombrage semblable à la nuit des enfers
Changeait les champs féconds en stériles déserts,
Des peuples étouffait les races languissantes,
Détruisait les talens, les vertus gémissantes,
Dans le deuil et les pleurs plongeait la Liberté,
Et du front des humains voilait la majesté.
Les lumières enfin s'échappant du nuage,
Flétrirent par degrés son ténébreux feuillage;
Et frappé tout-à-coup du feu de leurs éclairs,
Le colosse en tombant fit retentir les airs.
Ses débris dispersés et privés d'existence,
Dans nos champs affranchis ont porté l'abondance,
Et depuis trente hivers sur la terre étendus,
Semblaient dans le néant demeurer confondus.
Soudain il reparaît : dépouillé de verdure,
D'une terreur plus vive il trouble la nature.
Le sol qu'il épuisa, dont il fut arraché,
De cet arbre aujourd'hui sans vigueur, desséché,
Pourrait-il ranimer les funestes racines?
Insensés, qui voulez relever les ruines
De ce triste fantôme objet de vos transports!
Des autans orageux redoutez les efforts,

Fuyez, reconnaissez l'erreur qui vous anime;

Sa chute peut encor vous plonger dans l'abîme.

Le salut de l'Etat, le bonheur des Français

Des partis opposés condamne les excès.

Sur nos plus vrais besoins qui pourrait se méprendre?

La France veut la paix; le ciel pour nous la rendre

Accorde à nos désirs le rejeton chéri,

Le digne successeur du généreux Henri.

Que la Charte, ce fruit de sa haute prudence,

Entre le peuple et lui soit l'Arche d'alliance,

Le fondement du trône et de nos libertés,

L'objet de notre amour, nos seules volontés :

Quiconque ose y porter une main téméraire,

Qu'il éprouve du ciel l'inflexible colère;

Qu'il tombe devant elle, ainsi que cet Hébreu

Qui profana la loi du peuple et de son Dieu :

Oui, comme son auteur auguste et vénérable,

Qu'elle soit à jamais sacrée, inviolable,

Sûre de notre bras et de tous nos sermens.

Repoussons cet esprit d'éternels changemens

Qui, feignant d'effacer quelques taches légères,

Des travaux des humains résultats ordinaires,

Vent accabler un jour des plus cruels malheurs

Le Monarque et l'Etat et leurs vrais défenseurs.

Il faut par nos discours, jusques aux pieds du trône,

Du mensonge importun qui par fois l'environne

Accuser hautement les perfides fauteurs,
Montrer de leurs projets les détours imposteurs,
Empêcher, en un mot, qu'une affreuse barrière
Sépare de son roi la France presque entière.

    Que l'orateur espère un triomphe si doux ;
La raison, la justice et les Dieux sont pour nous.
Minerve nous soutient; renonçant à la guerre,
Et des fiers combattans qui ravageaient la terre
Lasse enfin d'éclairer le funeste tombeau,
Aujourd'hui dans ses mains son tranquille flambeau,
Fesant briller au loin sa clarté pacifique,
Est l'astre bienfaiteur du monde politique. *

    Eclairer les humains c'est être égal aux Dieux :
Mais détruisant le fruit d'un droit si précieux,
La crainte qui l'enchaîne est toujours insensée.
Eh quoi ! lorsqu'un auteur met au jour sa pensée,
Si la commune voix comdamne ses erreurs,
Contre ses vains écrits que servent les rigueurs ?
Si de son dévoûment la sagesse au contraire
Répand dans l'univers un éclat salutaire,
C'est en vain qu'on voudrait par de cruels tourmens
Comprimer de son cœur les nobles sentimens,
Et du monde étonné lui ravir les suffrages :
Persécuter l'auteur c'est vanter ses ouvrages.

---

* Ce discours a été composé avant le rétablissement de la Censure
des Journaux.

Lorsqu'un Sage autrefois, * dirigeant dans les airs
Du globe où nous vivons les mouvemens divers,
Plaçant l'astre du jour dans le centre du monde,
Dissipa de l'erreur l'obscurité profonde ;
Des prêtres inhumains, ** croyant venger les cieux
Que, seuls, ils outrageaient par ce crime odieux,
L'accablèrent en vain sous leur lâche puissance ;
L'estime des mortels devint sa récompense :
Vainqueur des préjugés à ses pieds abattus,
Les fers qu'il a portés, honorant ses vertus,
De ses persécuteurs ont flétri la mémoire ;
Sa prison fut pour lui le temple de la gloire,
Et son nom, des bourreaux bravant la cruauté,
Prit son rapide essor vers l'immortalité.

FIN.

---

* Galilée.
** l'Inquisition.